気楽にいこうよ
自然のままに

上月わたる

牧野出版

気楽にいこうよ
自然のままに

自分らしさと人間らしさ
男らしさと女らしさ
どれも
生きていくうえでの柱だよ

喧嘩もするし
仲直りもする
その繰り返し
親友だってそうさ

物事は大きく考えるな
小さくすることだ
具体化することだ
自分のものにしろ

早く
明日になればいい
新しい人との
出会いがあるかも知れないから

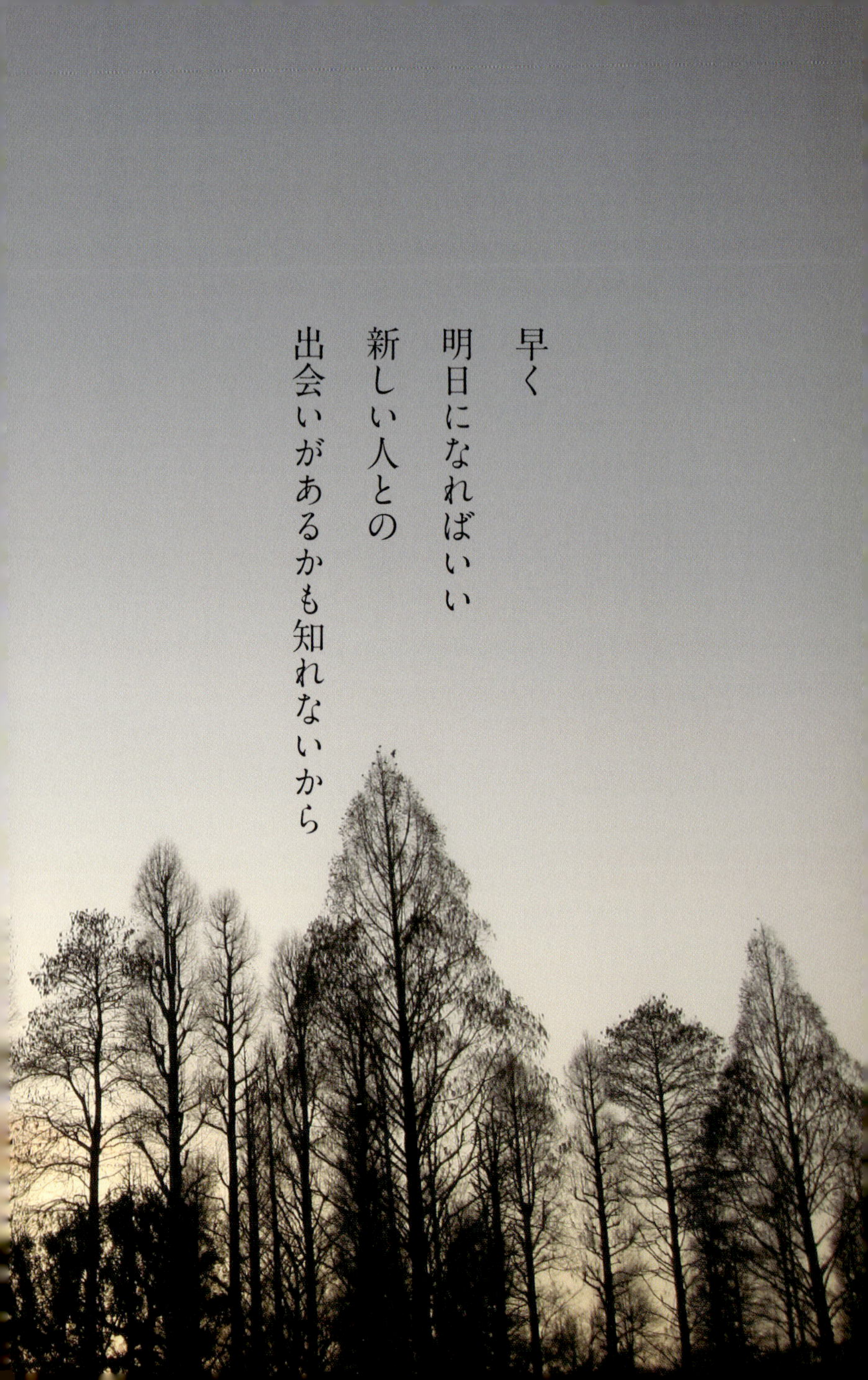

冬が終わって
北風がゆるむ
春が訪れ
花が咲く
毎年のことだけれど
とっても嬉しいね

「喜んでもらいたい」
そう思って
すべての行動をはじめてごらん
最高の愛情表現になるから

浅草門
出口
入口
かき氷
イチゴ
メロン
レモン
みぞれ
250円
ミルク
あずき
300円
イチゴミルク
メロンミルク
レモンミルク
あずきミルク
350円
みぞれ
ミルク
浅草二丁目
29
EDWIN

素晴らしい自分も
駄目な自分も
全て同じ自分
素直に受け入れようよ

発想してみろ
考えを突き詰めてみろ
作り出してみろ
自分の力で

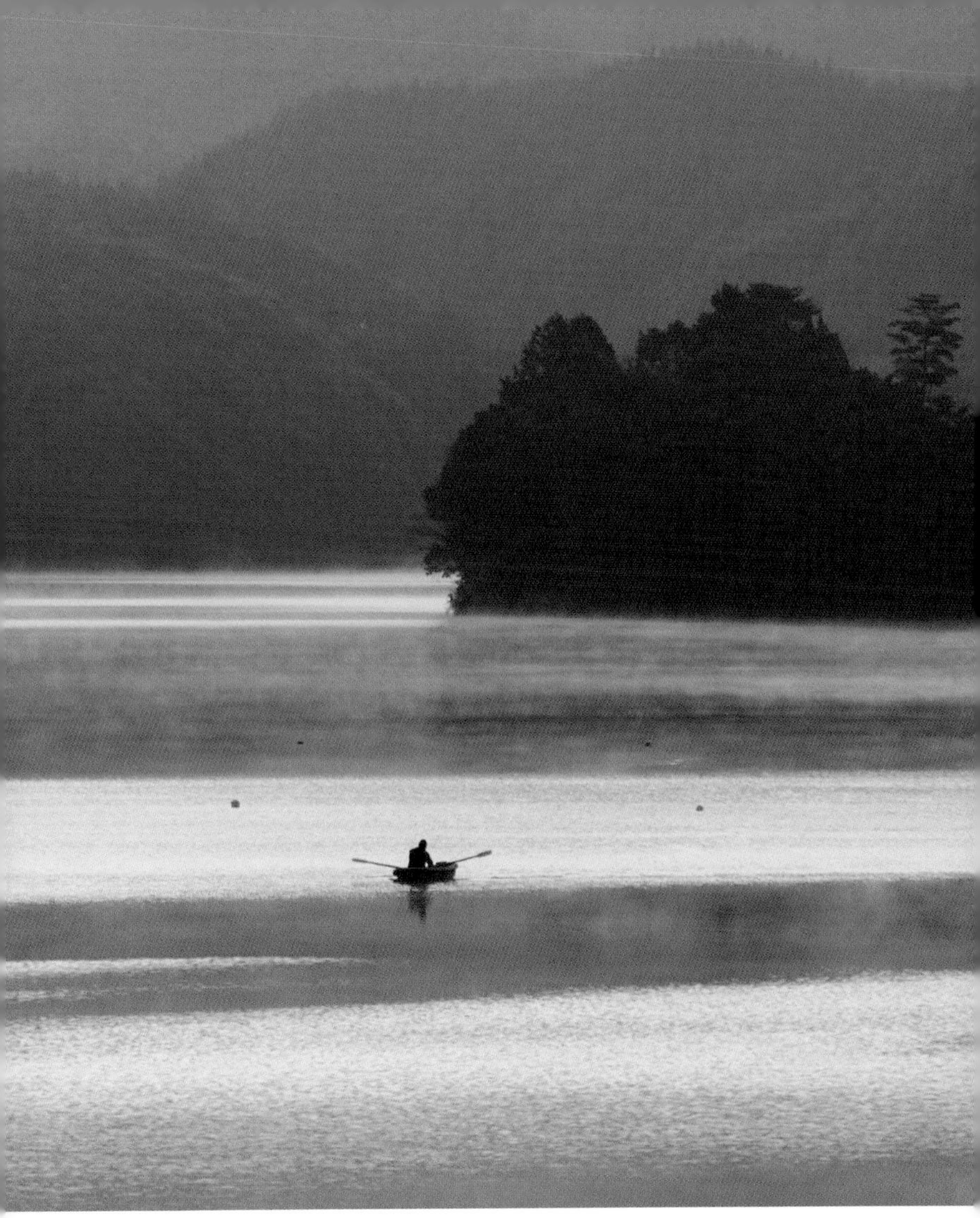

誉められて、認められ
頼りにされて、尊敬される
誰だって悪い気はしないものだ

だまって前進
だまって忍耐
ただ黙々と
目的があるんだろ

人の言葉が気になるかい
傷つきもするし
迷いも生じる
普通のことだ

肩に力が入りすぎだ
リラックスしてごらん
そのままで自然のままで
気持がいいぞ

おいしい水
命の水
きれいな水
命の水
大事な水
命の水

根になってみよう
土《おや》の心の広さがよく分かる
根になってみよう
土《おや》のありがたみがよく分かる

すべて機械まかせじゃ
笑いが消えるよ
会話も無くなるね
人間はどこにいるんだ

笑って、泣いて
涙して、拭って
教えて、教えられて
仲間だからだよ

木の橋が朽ちて落ちるように
石橋だって崩れる時は崩れるものさ

見るだけじゃ駄目
聞くだけでも駄目
どんな事でも
やって身につくものだ

肩書きが使えなくなったのか
只の人だね
金の切れ目と
同じだよ

誰にも言えない悩み
話せる相手がいるだけで
悩みの半分は
解決したね

虚栄心はね
それを
生きる原動力に変えれば
いいんだよ

なまけ者が
幸せになる訳がない
もしあったら
誰も働かないよ

無理をするから苦しいんだよ
急ぐからあせるんだよ
平常に戻そうよ

聞いてほしい
触れてほしい
話してほしい
応えてほしい
正直な気持ちだ

由布院
Y-DC125
Y-DC125
Y-DC125
125-16
JR
2
3

知りたいから
歩いていく
この目で見たいから
訪ねていく
旅人なんだから

人の言葉ひとつで
元気も出る
勇気も生まれる
喜びも湧きあがる

話し込んでいると
あばたがえくぼになった
とても可愛くなってきた
心が現れたんだね

一生で一番長い付き合いは
誰だか分かるかい
自分だよね

馬鹿は馬鹿でもいいが
天からの言葉には耳を傾けろ
心を無にして
聴くことだ

知らないことは
知らないでいい
知ったかぶりは
幸せが逃げていくよ

晴の日があれば、曇りの日もある
風の吹く日があれば、雨の降る日もある
暑い日があれば、寒い日もある
大自然に動じないことだ

人間は欲のかたまりさ
だからこそ
どっしりとした
心がまえが大切なんだ

愛もいる
温もりもいる
休息もいる
我慢しなくていいんだよ

ハイボール

真すぐに歩きたい
よろけても歩きたい
息が切れそうでも歩きたい
たどりつきたいから

気がねって何だい
ただ
気どってるだけだろ
何の役にも立たないぜ

険しい谷間に
白い百合をみつけた
人が見ていなくても
美しく咲いている

俺が俺がと前に出て
利口に見えるかい
相手を立ててこそ
利口になれるんだよ

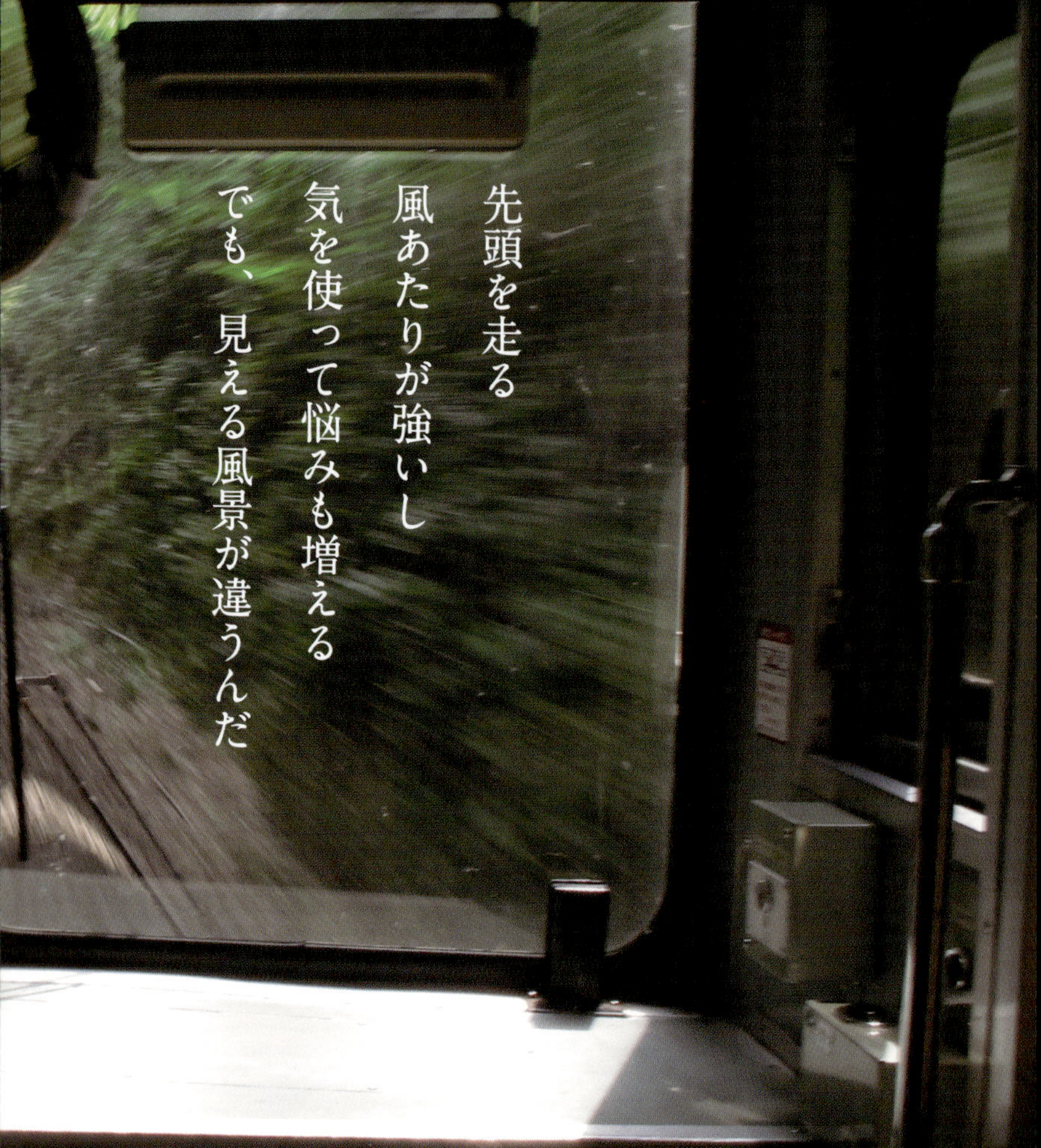

先頭を走る
風あたりが強いし
気を使って悩みも増える
でも、見える風景が違うんだ

腹が減ったら食べる
疲れたら休む
体の声に
耳を傾けることだ

好きも嫌いも同じ心だ
何かを気にしているんだな

否定する心には気をつけた方がいい
ネガティブの奈落に引っ張られるぞ
人も仕事も駄目にする力だ

ころんだら
起き上るだろう
失敗だって
同じだよ

汗をかいて働けばいい
健康になる
仕事もはかどる
おまけに
銭も入ってくる

楽しみと快さが
合わさって
快楽かな
熱さと情けが
一緒になって
情熱かな

飾り言葉やお世辞って
本当の幸せの前では
必要ないんだよ

出口

Coca-Cola
maro
神野家

酒を飲もう
嫌な事を忘れよう
明日のために飲もう
今日生きてるんだから

何でも書きとめろ
忘れるからではない
次の考えの
邪魔になるからだ

悲しい時は泣け
苦しい時は悩め
金の無い時は働け
弱音だけは吐くな

お金は汚いと
言っているうちに
お金のほうが逃げていくね

無欲になれと言うけれど
難しいね
心を空っぽにするのは
骨が折れそうだ

人を信じるのと
人を信じないのとでは
人生の中身が
違ってくるね

世の中
主役もいれば脇役もいる
俺も
ちょい役ぐらいは
果しているかなあ

¥650

何かな
食べてみたい
何かな
見てみたい
何かな
訊いてみたい
気になるんだよ

仲良く生きようよ
自分を主張すればするほど
立派すぎるんだ
長持ちしないぜ

苦しみがあってこそ
人生なんだ
暗く落ちこむ前に
どう工夫するかだよ

種を蒔いたのなら
責任を持って
花を咲かせろよ

太陽のように
与える人になりたい
貰いたい人ばかりの
世の中だから

泣かないで
笑ってみなよ
お腹が
すっきりするぜ

閉←吐水口→開
エゼクター

行ってみたい
見てみたい
この肌で
感じてみたい

悩んでいないで
動いてみなよ
何か糸口が
見えて来るから

ぼくの心に
月が出た
雲一つない宵の空
あなたにも見えるかい

風に吹かれ
雨に打たれ
雪に埋もれ
涙を流す
この地球に生きている証だ

少しばかり隙《すき》があっても
気配りの出来る人間が
俺は好きだな

人生
肩をはって
楽しいはずがない
気楽にいこうよ
自然のままに

手を抜いちゃいけない
りきんでも駄目だな
命をかけて取り組むこと
それが本物だ

世の中
余り物なんてないんだよ
どんな人間でも
かならず
何かの役に立つように出来ている

苦しい時こそ
笑ってみなよ
勇気が
みなぎってくるから

人の嫌なところ
自分の弱点
持ち味って呼んだらどうだい

くそだっておしっこだって
出るさ
出なきゃ
死んじゃうよ

花やしき

正しいけれど、難しいこと
人は傷ついたり、傷つけたり
喜んだり、悲しんだり
それでいいんだよ

悲しみは
人を強くするよ
大いに泣け
涙しろ

嘘って、つぎの嘘をつくる道具だ
見栄を張らず
恰好つけず
そのまま生きようよ

出来そうで出来ない
当たり前のことなのに

悩みがあるのか
気にすることはない
どう乗り越えるかだよ

あなたとめぐり逢えて
よかった
一人でもそう言ってくれたら
それでいい

ひとつの失敗で
くよくよするな
人生経験がまたひとつ
豊かになったんだよ

ひらめきは
その人だけの宝もの
神様からの
ラブレターなんだよ

本物の言葉って
素朴で
飾り気がなくて
迷いもないものだ

自分に似合った仕事
自分に似合った生活
自分に似合った友
それでいいじゃないか

失敗こそ
次のステップへの礎《いしずえ》だ
成功の女神が
顔を覗《のぞ》かしているよ

命のかぎりと言うけれど
明日の命は誰も分からない

口下手なのか
大いにけっこう
真心で相手に伝えれば
それでいいよ

自分の能力の限界を知ることを
恐れてはいけない

夢を持ったら
膨らませることだ
どんどんどんどん
膨らませることだ
やがて、本物になる

「失敗したくない」
いつも口に出して言っている人は
かならず、失敗するよ

無心がいい
無欲がいい
あるがままがいい
ゆっくり歩いて行こう

あとがき

自分の毎日を点検していますか。愚痴っぽくなっていませんか。つい陰口が出ていませんか。他人のせいにしていませんか。自分本位になっていませんか――とかくネガティブな言動となりがちなのが、現代に生きる人間の性《さが》ともいえます。

明るいニュースより暗いニュースの方が受けているのもその一つです。目標を立てたり、目的に向かったりする事も少なくなりました。その時の思い付きで刹那主義になっている事が、目立っている様にも思われます。

「寝付きが悪い」とか「眠りが浅い」とか言う人も増えて来ました。これも寝る前にネガティブな事を考えてしまうことが多いからなんです。

少しでも面白い事とか希望のある事とか、楽しく気楽に考えてみて下さい。意外と簡単に深い眠りがやって来ます。

理屈っぽい人も多くなりましたねえ。これもその理屈で自分をがんじがらめにして身動き出来なくしているんですよ。

働き甲斐も遊び甲斐も食べ甲斐も、とにかく、人生を難しくややこしくしないで、もっと気楽に生きましょうよ。

二〇一四年二月吉日

上月わたる

上月わたる（こうづき・わたる）

1934年、香川県綾歌郡飯山町（現丸亀市）出身。
地方テレビ局のアナウンサーとして活躍していたが病に見舞われ職を辞し、日本全国放浪の旅へ出て数多くの知己を得る。様ざまな職業を経験した後、現在、国際エコロジー団体の日本代表を務める。

写真協力　東寺昌吉 ／ CONROD

デザイン　CONROD

気《き》楽《らく》にいこうよ　自《し》然《ぜん》のままに

2014年3月28日 初刷発行
2014年4月14日 第2刷発行

著　者　上月わたる

発行人　佐久間憲一

発行所　株式会社牧野出版
〒135-0053
東京都江東区辰巳1-4-11 STビル辰巳別館5F
電話 03-6457-0801
ファックス（ご注文）03-3522-0802
http://www.makinopb.com

印刷・製本　精文堂印刷株式会社

内容に関するお問い合わせ、ご感想は下記のアドレスにお送りください。
dokusha@makinopb.com
乱丁・落丁本は、ご面倒ですが小社宛にお送りください。
送料小社負担でお取り替えいたします。

 ISBN978-4-89500-171-7